HOUSTON PUBLIC LIBRARY

Friends of the
Houston Public Library

El joven músico

Aprende
Piano
y los
teclados

Alan Blackwood

Editor
Panamericana Editorial Ltda.

Dirección editorial
Conrado Zuluaga

Edición
Javier R. Mahecha López

Traducción
Michael J. Evans H.

Ilustraciones
Ron Hayward y David West

Diseño de la serie
David West

Diseño
Rob Hillier

Investigación de ilustraciones
Emma Krikler

Título original: Playing the Piano and Keyboards Instruments

El autor, Alan Blackwood, ha enseñado piano por muchos años y ha escrito muchos libros sobre música.

Primera edición en Gran Bretaña por Aladdin Books, 2003
Primera edición en Panamericana Editorial Ltda., diciembre de 2005

© Aladdin Books
2/3 FITZROY MEWS, London W1T 6DF
© Panamericana Editorial Ltda.
Calle 12 N° 34-20 Tel.:3603077 - 2770100
Fax: (57 1) 2373805
Correo electrónico:panaedit@panamericanaeditorial.com
www.panamericanaeditorial.com
Bogotá D. C., Colombia

ISBN: 958-30-1536-9

Todos los derechos reservados.
Prohibida su reproducción total o parcial, por cualquier medio, sin permiso del Editor.

Impreso por Panamericana Formas e Impresos S.A.
Calle 65 N°95-28 Tel.: 4302110 - 4300355,
Fax: (57 1) 2763008
Quien sólo actúa como impresor

Impreso en Colombia   Printed in Colombia

Contenido

PRESENTACIÓN DEL TECLADO	4
DENTRO DE TU PIANO	6
MANOS A LA OBRA	8
TOCAR UNA ESCALA	10
LEE LAS NOTAS	12
SIGUE EL RITMO	14
MÁS EJERCICIOS	16
CONOCE LOS BEMOLES Y SOSTENIDOS	18
MAYOR Y MENOR	20
TOCAR MELODÍAS	22
CON LAS DOS MANOS	24
EL MUNDO DEL PIANO	26
LA FAMILIA DE LOS TECLADOS	28
COMPOSITORES Y PIANISTAS	30
GLOSARIO	31
ÍNDICE	32

Blackwood, Alan
   Aprende Piano y los teclados / Alan Blackwood; ilustraciones Ron Hayward y David West. — Bogotá: Panamericana Editorial, 2004.
   32 p. : il. ; 9 cm. — (El joven músico)
   ISBN 958-30-1536-9
   1. Piano - Enseñanza 2. teclados I. Blackwood, Alan II. Hayward, Ron, il. III. West, David, il. IV. Tít V. Serie
786.2 cd 20 ed.
AHY5082

   CEP-Banco de la República-Biblioteca Luis Ángel Arango

El joven músico

Aprende Piano y los teclados

Alan Blackwood

Traducción:
Michael J. Evans H.

Presentación del teclado

El teclado, como lo dice su nombre, es una hilera de teclas sobre una tabla de madera. Éstas hacen sonar las notas automáticamente, así la persona no necesita preocuparse por su tono. Mientras los otros músicos sólo tocan una nota a la vez, el pianista usa las dos manos para tocar varias notas al mismo tiempo.

No todos los teclados tienen el mismo número de teclas. La mayoría de los pianos poseen alrededor de ochenta. Otros teclados tienen menos, pero todas las teclas se disponen en el mismo orden. Las blancas forman una línea continua; las negras separan las notas blancas, y se organizan en grupos de dos o tres de forma intercalada.

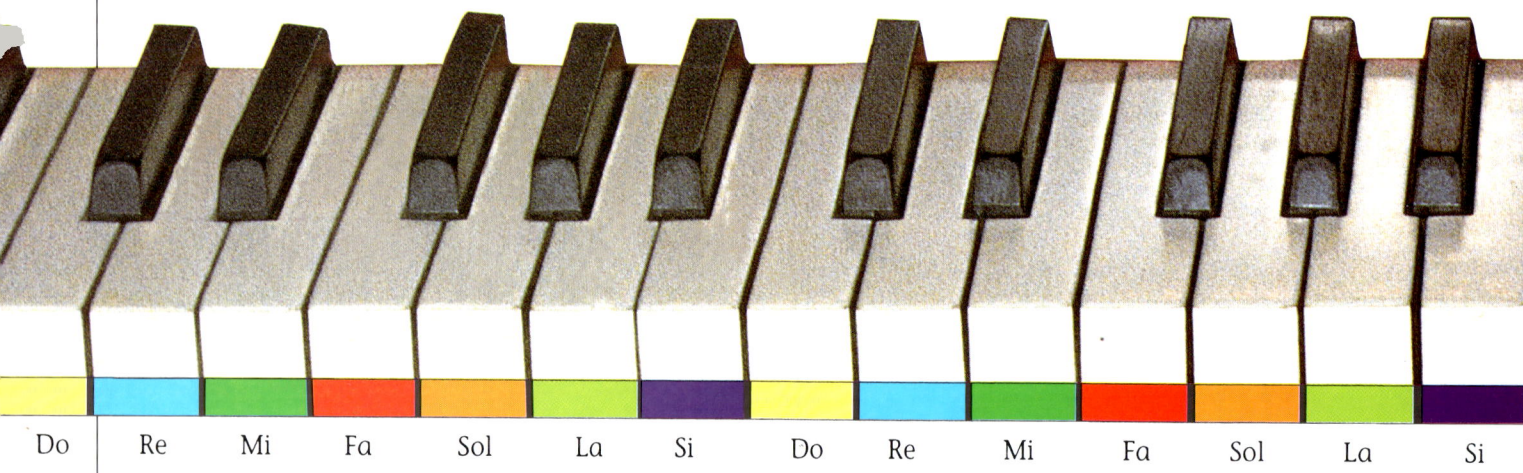

Do Re Mi Fa Sol La Si Do Re Mi Fa Sol La Si

AGUDO Y GRAVE
Los murciélagos emiten un sonido de altura aguda; algunos sonidos son tan agudos que el oído humano no puede percibirlos.

Las ballenas emiten sonidos graves, que se oyen como pulsaciones.
Las notas bajas de un órgano son tan graves que sólo se escuchan las pulsaciones de sus vibraciones.

Las notas graves vibran más lentamente.

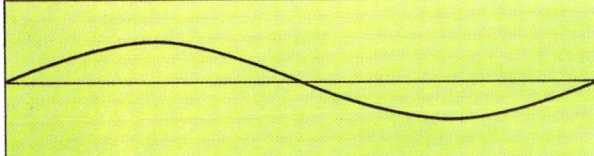

Las notas agudas vibran más rápidamente.

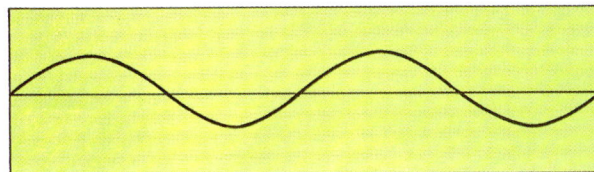

ALTURA

Los sonidos son vibraciones. Cuanto más rápidas sean, más agudo será la *altura* del sonido. En otras palabras, la altura quiere decir qué tan grave o qué tan aguda es una nota. Se mide por su *frecuencia* (el número de vibraciones por segundo). Las notas en un teclado, de más graves a más agudas, van desde cientos de vibraciones por segundo a miles.

De izquierda a derecha, sentado frente al teclado, las teclas o notas (blancas y negras juntas) van subiendo medio tono cada vez: a esto se le llama un *semitono*.

Las teclas blancas suben un tono o un semitono a la vez. Las teclas negras suben un tono o un tono y medio a la vez. Prueba estos *intervalos de altura* tú mismo.

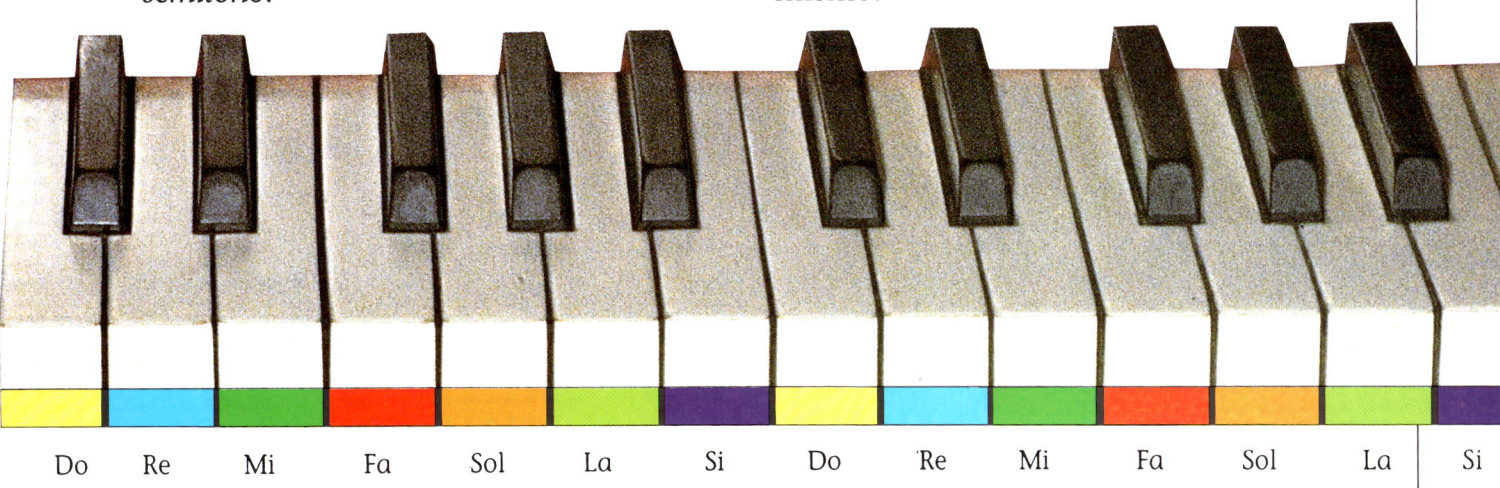

Do Re Mi Fa Sol La Si Do Re Mi Fa Sol La Si

EL HYDRAULIS

El instrumento de teclado más antiguo es el *hydraulis*, u órgano de agua, inventado alrededor del 250 a.C. El *hydraulis* tenía tubos y un pequeño tanque de agua que mantenía la presión del aire. Es el predecesor del moderno piano de cola.

Dentro de tu piano

El piano es un instrumento de cuerda. Cada grupo de cuerdas (una, dos o tres por nota) está templado fuertemente y tienen diferentes longitudes. Las más largas tocan las notas más graves, y a medida que van acortándose, las notas van teniendo un sonido más agudo. Cada tecla en el teclado acciona un pequeño martillo blando que golpea sus propias cuerdas haciéndolas vibrar y produciendo el sonido de una nota.

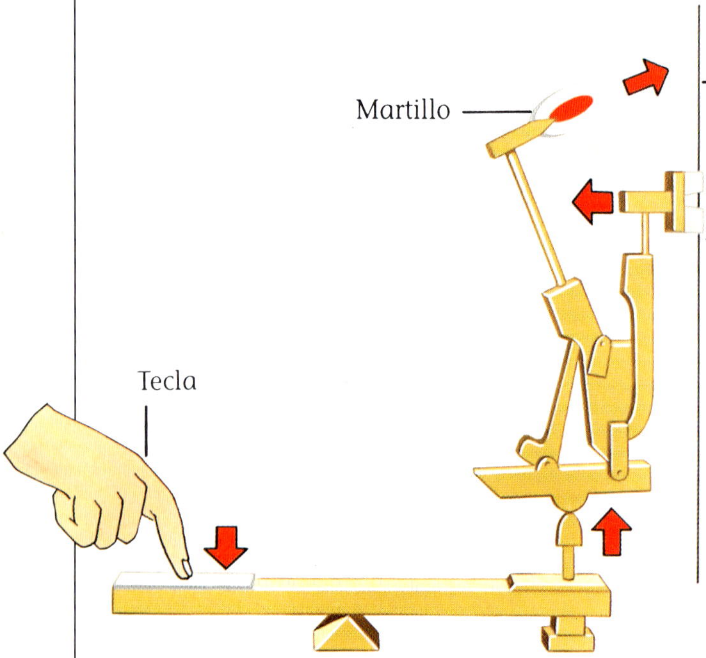

Martillo — Cuerda(s)

Apagador

Tecla

MARTILLOS
Martillos de fieltro conectados a las teclas.

CÓMO FUNCIONA UN PIANO

El mecanismo del martillo es algo complicado. Cuando presionas una tecla con un dedo, el martillo golpea el grupo de cuerdas y rebota para que las cuerdas puedan vibrar. Al soltar la tecla, el apagador entra en contacto con las cuerdas y frena la vibración. Un artesano italiano ideó este mecanismo hace casi 300 años. Lo llamó el teclado con suave y fuerte, en italiano, *piano e forte*. Por eso lo llamamos piano.

CUERDAS
Las cuerdas de cobre o acero se colocan en ángulo y de forma cruzada para ahorrar espacio, y para desplegar la tensión de las cuerdas a través del arpa.

CAJA DE RESONANCIA
Una caja de resonancia de metal amplifica el sonido de las cuerdas.

PARTES DE UN PIANO VERTICAL

CLAVIJAS DE AFINACIÓN
Las clavijas de afinar aprietan o aflojan las cuerdas para obtener el tono deseado.

APAGADORES
Los apagadores son almohadillas que frenan las vibraciones de las cuerdas cuando el pianista suelta las teclas.

PEDAL DE SORDINA
El pedal de sordina hace que los apagadores suavicen el sonido.

PEDAL DE SOSTENIDO
El pedal de sostenido levanta los apagadores para que las cuerdas sigan vibrando.

EVOLUCIÓN DEL TECLADO

CLAVICÉMBALO
El clavicémbalo es un tipo de instrumento antiguo. Sus cuerdas se golpean con un plectro en vez del martillo.

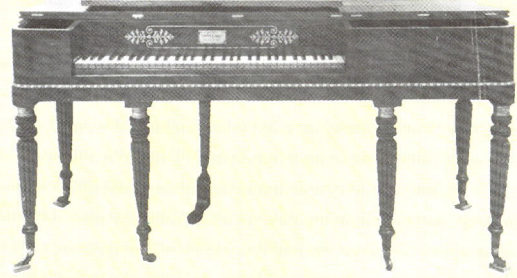

PIANO CUADRADO
De hecho, el antiguo piano cuadrado tenía forma rectangular y no cuadrada. Tenía un teclado más corto y menos cuerdas que un piano moderno.

PIANO DE COLA
El piano de cola moderno es una verdadera obra de arte. Los pianos de cola más pequeños se conocen como pianos de media cola o cuarto de cola.

Manos a la obra

El piano es un instrumento mecánico compuesto de muchas partes movibles. Podemos pensar en el pianista como un conductor. Así como el conductor de un auto se sienta en una posición determinada y utiliza sus manos y pies para controlar el vehículo, el pianista debe sentarse correctamente y usar sus brazos, muñecas, manos y dedos de manera especial para accionar su instrumento.

Mantén tu espalda recta para que te canses menos. No te sientes en una silla cualquiera que limite tus movimientos. Si el taburete está muy bajo, usa un cojín.

POSTURA

Siéntate justo al frente de la nota denominada do central, alineado con el cerrojo de la tapa del teclado. Tus rodillas deben estar dobladas debajo del borde del teclado, así tus manos descansarán sobre el teclado a la altura y distancia precisas de tu cuerpo.

MANOS Y DEDOS

Coloca tus dedos de ambas manos ligeramente en la mitad de las notas blancas, ni en el borde ni muy cerca de las notas negras, ya que te puedes quedar atascado. Mantén tus muñecas relajadas. Tus dedos deben de estar un poco arqueados y relajados.

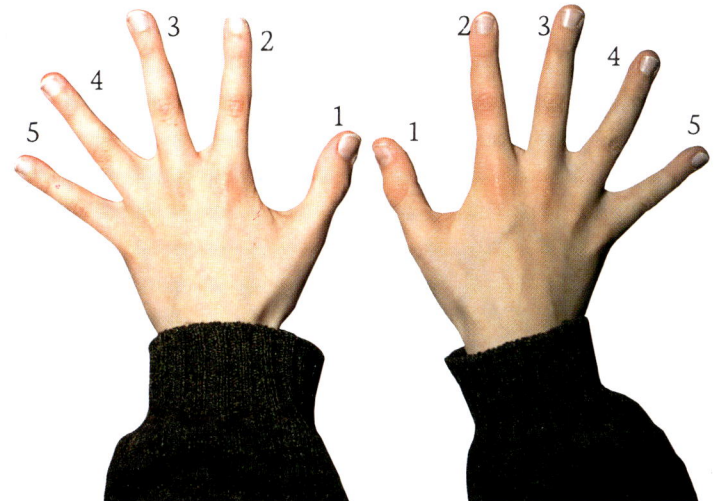

DIGITACIÓN

La digitación corresponde a tocar las notas con el dedo preciso. Es una parte muy importante al tocar el piano. Cada dedo de las manos se numera como se muestra aquí. A veces nos referimos al pulgar y a los dedos. Pero es mejor pensar en ellos como números del uno al cinco, porque así se indica en las partituras musicales.

do central

ENCUENTRA EL DO CENTRAL
Pon tus manos sobre el teclado con ambos pulgares sobre la tecla do central. La digitación de la mano derecha e izquierda funcionan a la inversa: un hecho obvio pero importante.

EL CUIDADO DE TU PIANO

Manda afinar tu piano por lo menos una vez al año. Limpia las teclas con una esponja o un paño humedecido con agua, ni muy caliente ni muy fría.

Si la habitación tiene una temperatura cálida o seca, mantén un recipiente con agua.

No coloques el piano cerca de la calefacción. El calor podría dañar el ensamblaje. No pongas el piano bajo luz solar directa porque dañaría el barnizado.

No coloques bebidas en el teclado o sobre el piano.

Tocar una escala

La palabra *escala* proviene de la palabra italiana *scala* que quiere decir *peldaño*. Las escalas son peldaños de notas que van subiendo o bajando por el teclado. Tocando las escalas es la mejor manera de aprender la digitación, y acostumbrar los músculos de tus manos.

EJERCICIO DE CINCO DEDOS
Con la mano izquierda, comienza con el quinto dedo sobre la nota que se muestra y sube cinco notas blancas hasta do central, un dedo por cada nota, y baja de nuevo. Con la mano derecha, comienza con el primer dedo (pulgar) en do central, y sube cinco notas blancas, un dedo por nota, y baja otra vez. Practica esto hasta que te parezca fácil.

ESCALA CON LA MANO IZQUIERDA
Empieza con el quinto dedo sobre la octava nota blanca abajo del do central. Sube la escala una nota a la vez. Cuando llegues al pulgar, pasa el tercer dedo por encima y lo pones sobre la siguiente nota, y completa la escala hasta do.

Subiendo, cuando llegues al pulgar, pasa el tercer dedo por encima.

CAMILLE SAINT-SAËNS

El compositor francés Camille Saint-Saëns escribió *El carnaval de los animales*, que contiene piezas acerca de elefantes, un burro, un cisne, una tortuga y un pez en un acuario. También incluye una pieza suave llamada *Pianistas*. En ella se escuchan a dos pianistas tocando el teclado como si estuvieran practicando las escalas. Debes de estar atento a esto.

Saint-Saëns fue un famoso organista y pianista. Aparte de *El carnaval de los animales*, también compuso óperas, sinfonías y conciertos. Murió en 1921 a los 86 años.

ESCALA CON LA MANO DERECHA

Comienza con el primer dedo (pulgar) sobre do central. Pasa el pulgar por debajo del tercer dedo, y completa la escala subiendo por las ocho notas blancas, un dedo por cada nota. Bajando, pasa el tercer dedo sobre el pulgar y completa la escala hasta do.

El pulgar pasa por debajo del tercer dedo subiendo la escala.

Lee las notas

Se le llama notación a la música escrita. Equivale a las letras y números en el lenguaje escrito. La notación debe indicar la altura de las notas en una partitura (qué tan agudas o graves son las notas), así como el ritmo de la música. Las siguientes páginas mostrarán estos dos aspectos de la notación.

APRENDE LAS NOTAS

La altura de las notas se indica en cinco líneas llamadas pentagrama. Si las notas se colocan sobre, entre, encima o debajo de estas líneas, nos indican la altura. Las notas van desde do hasta si. A la derecha podrás ver una manera fácil de recordar las notas para la mano izquierda sobre las líneas y entre las líneas.

Sobre las líneas: *Solo si rebotas, fácil lanzas.*

Entre las líneas: *La domada micaela solicita pasto.*

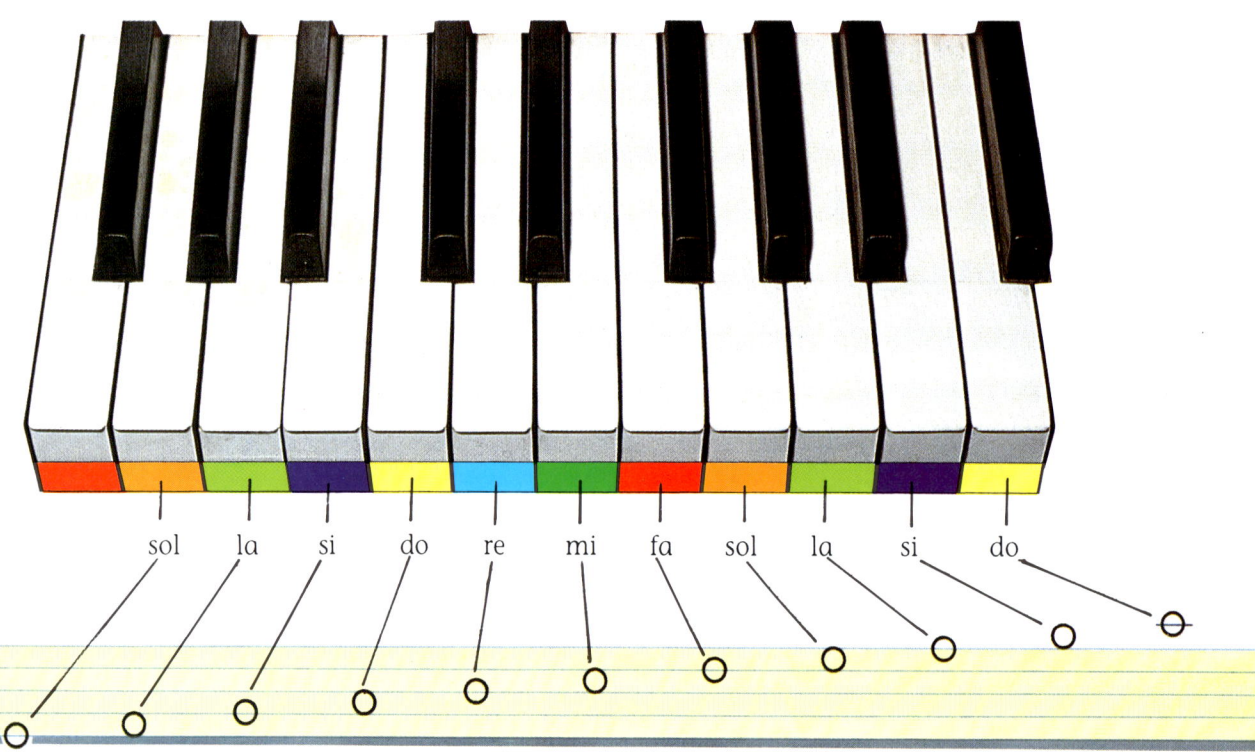

La clave de fa (arriba) indica en el pentagrama la altura de las notas tocadas por la mano izquierda.

Arriba verás las principales notas para la mano izquierda en el teclado y en la notación.

Las notas van de do a si. Después de si, se comienza de nuevo.

LA HISTORIA DE LA NOTACIÓN

El sistema de notación que usamos hoy se remonta más de mil años. Hay evidencias de pentagramas de los siglos X y XI, incluyendo las notas sobre o entre las líneas. Las claves generalmente aparecen al principio de las partituras. Algunos manuscritos tienen distintos símbolos para notas de diferente duración.

MÁS NOTAS PARA APRENDER

Aquí están las principales notas para la mano derecha en el teclado y en la notación, con sus nombres.

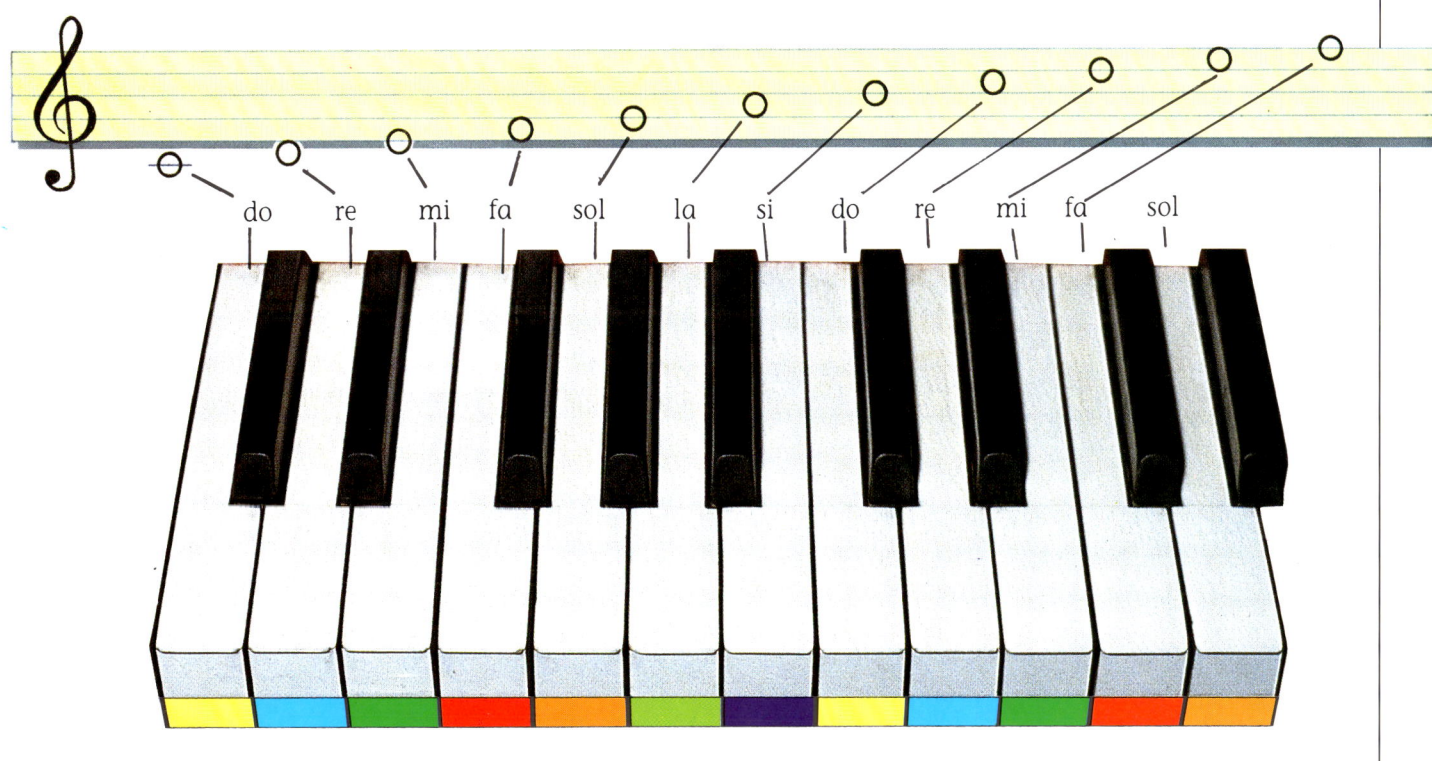

Fíjate en la clave sol que indica la altura de las notas para la mano derecha. Fíjate en la posición de do central en la clave de sol. Recuerda dónde estaba en la clave de fa.

Sobre las líneas: Al elefante Mirt el *sol* siempre le recuerda el *fa*ngo

Entre las líneas: las notas son fa la do mi.

A la derecha encontrarás una manera fácil de recordar las notas sobre y entre las líneas en clave de sol.

Sigue el ritmo

El ritmo maneja una pieza musical. Haciendo las palmas al son de la música encontrarás su ritmo, es decir, el pulso. El pulso usualmente forma secciones regulares o compases. Se dice que el ritmo de una pieza musical son los pulsos que tiene por cada compás.

LA DURACIÓN DE LAS NOTAS

Las notas pueden durar más o menos tiempo, siempre y cuando mantengan el ritmo. La nota con mayor duración aquí es la redonda. De derecha a izquierda, cada una de las otras notas dura la mitad del tiempo que la anterior.

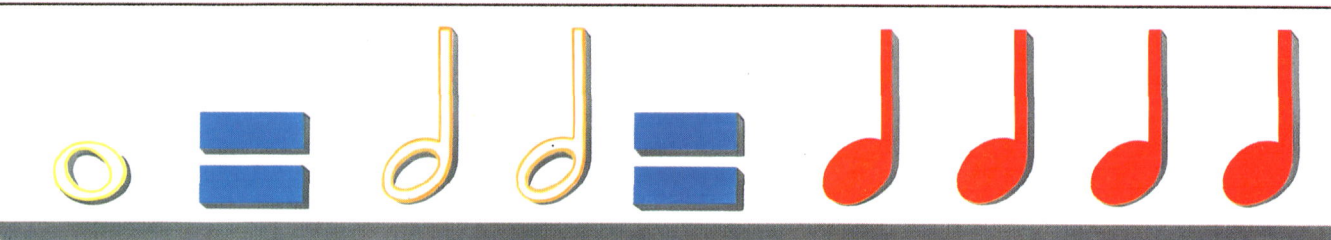

redonda   dos blancas   cuatro negras

PULSOS POR COMPÁS

La música se divide en compases. El número y valor de las pulsaciones en cada compás, corresponde a la métrica, la cual aparece junto a la armadura. 4/4 contiene cuatro notas negras en cada compás, o su equivalente compuesto de notas con otra duración.

TEMPO

El tempo determina la velocidad de la música, y es distinto del ritmo. Las denominaciones comunes para el tempo provienen del italiano: *adagio* (lento), *andante* (como caminando), *allegro* (rápido) y *presto* (muy rápido). Estas indicaciones aparecen al comienzo de la partitura.

Observa cómo las notas se disponen en grupos y completan los pulsos por compás.

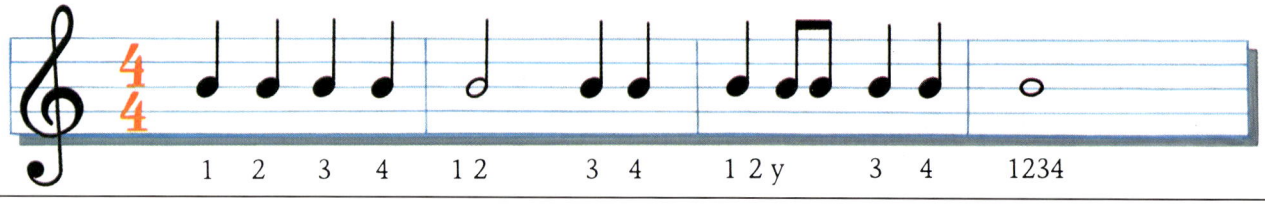

OTRAS INDICACIONES MÉTRICAS

Las métricas 3/4 y 6/8 son otros dos signos de tiempo que se usan en música. 3/4 tiene tres notas negras por compás, o su equivalente en otras notas. 6/8 tiene seis notas octavas por compás, o su equivalente.

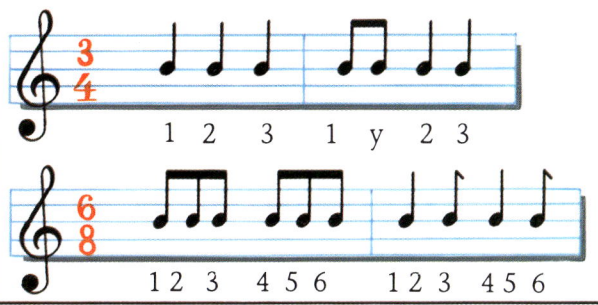

Trata de hacer con las palmas los ritmos que se muestran aquí.

ocho corcheas

EL RITMO Y LA DANZA

El vals, métrica de 3/4, es la danza más popular de todos los tiempos. Sus inicios se remontan a Austria y Alemania, hace 170 años. Uno de los compositores de valses más reconocido fue Johann Strauss II. Strauss vivía en Viena y escribió los valses más populares: *El Danubio azul* y *Cuentos de los bosques de Viena*.

El *rock and roll* está en métrica de 4/4. Empezó en 1950 como una versión bailable del *jazz boggie* o *blues* de paso rápido (ver página 25). Elvis Presley fue su máxima estrella. La mayoría de la música *rock* de hoy se basa en el *rock and roll*.

Más ejercicios

En las páginas 10-11, tocaste una escala de ocho notas (una octava) con las dos manos. Las escalas son sólo un tipo de ejercicio para practicar la digitación y fortalecer los dedos, manos y muñecas. Otros tipos de ejercicios cumplen la misma función; en esta página podrás practicar algunos.

ARPEGIOS

En los arpegios se tocan las notas de los acordes como notas individuales. Este ejercicio separa tus dedos y te ayuda a tocar las notas que están muy lejos en el teclado.

He aquí una notación para una secuencia de arpegios para la mano izquierda. Solo imita la digitación.

En la página opuesta encontrarás la misma secuencia de notas para que practiques con la mano derecha.

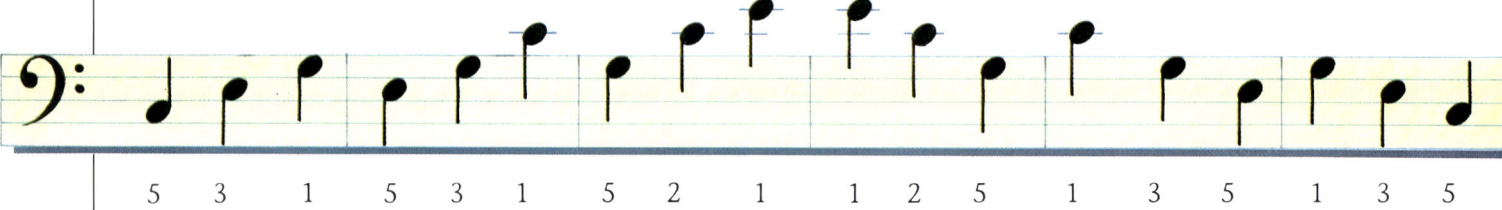

TOCA LOS ACORDES

Los acordes son dos o más notas de diferente altura que suenan al mismo tiempo. Intenta tocar estos acordes de tres notas: dos para la mano izquierda y dos para la mano derecha. Las notas se muestran en el teclado con la notación correspondiente.

ESCALA CROMÁTICA

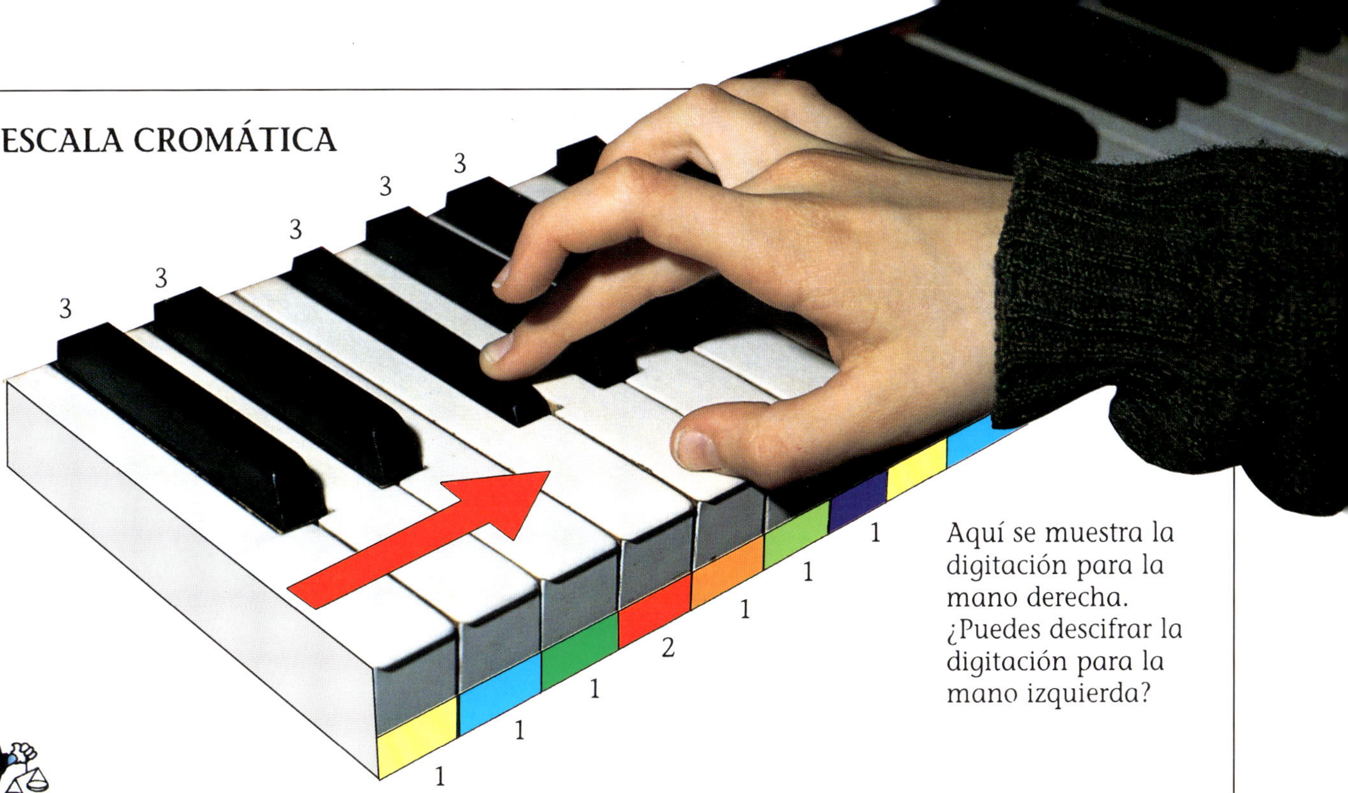

Aquí se muestra la digitación para la mano derecha. ¿Puedes descifrar la digitación para la mano izquierda?

En este ejercicio debes tocar las notas negras y las blancas, pues en la escala cromática debe tocarse cada nota en el teclado una tras otra. Esta escala tiene una digitación especial, usando sólo el pulgar (No. 1), el índice y el corazón (2 y 3).

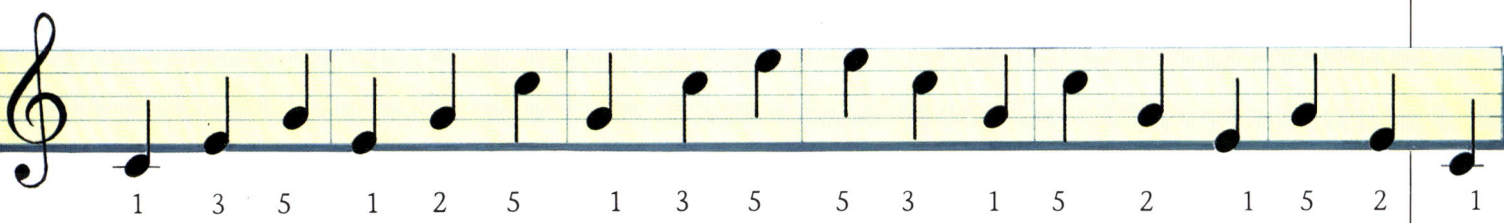

FRANZ LISZT

El más famoso pianista de todos los tiempos fue el húngaro Franz Liszt (1811-1886). De joven, Liszt era muy apuesto, y cuando empezaba a tocar las jovencitas solían gritar y hasta se desmayaban, así como ocurre hoy en los conciertos de rock. Durante su larga vida, los pianos se hicieron más grandes y fuertes, lo cual inspiró a Liszt a escribir música para piano con un nuevo estilo. La mayoría de su música es muy difícil de tocar. Escucha las *Rapsodias húngaras* de Liszt, sus magníficos arreglos de canciones y bailes gitanos, y su famoso *Liebestraum* (*Sueño de amor*).

Conoce los bemoles y sostenidos

La escala de ocho notas blancas que tocaste en las páginas 10-11 empezaba y culminaba en la nota do. Esa era la escala de do mayor. Para tocar el mismo tipo de escala que empiece y culmine en otra nota, es más complicado. En estas páginas te presentamos la escala de sol mayor, para la mano derecha e izquierda. La digitación es la misma que en la escala de do.

SOL MAYOR PARA LA MANO IZQUIERDA

Abajo verás las notas para la mano izquierda. Fíjate en el signo sostenido para la nota fa en el pentagrama.

En vez de tocar la nota blanca fa, acuérdate de tocar la nota negra adjunta, fa sostenido.

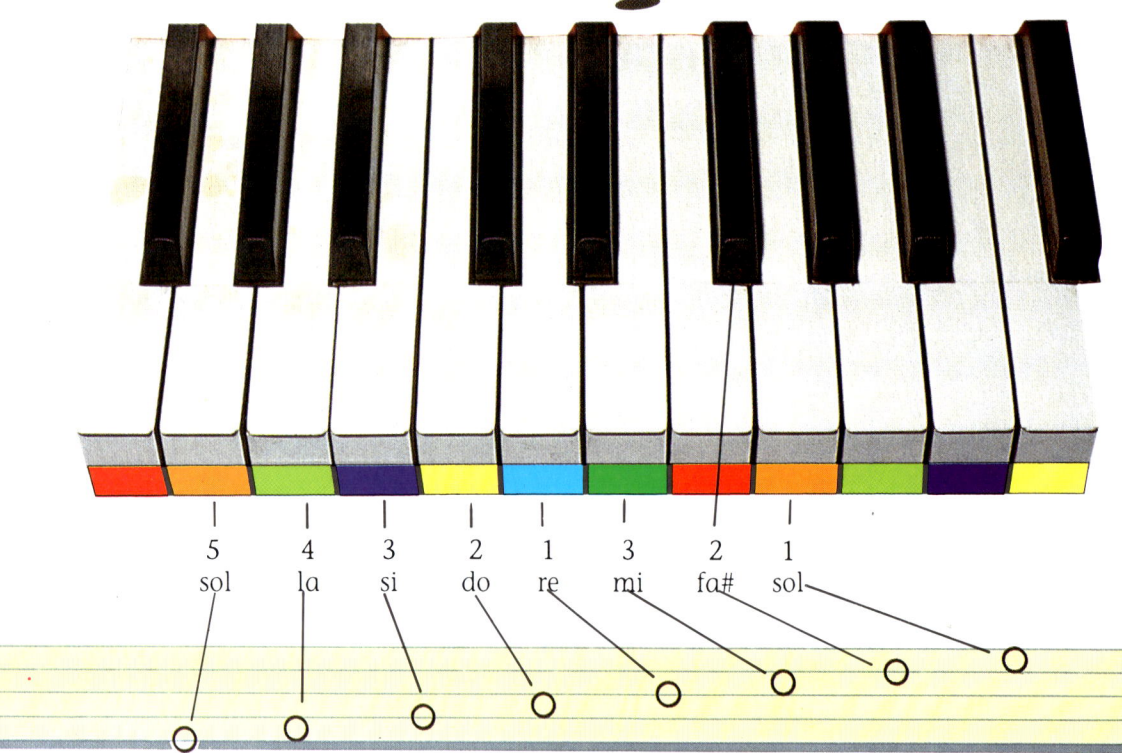

ARMADURAS
Fa # en la armadura quiere decir que la tonalidad es sol. El sostenido no se muestra de nuevo en la partitura.

SOSTENIDOS BEMOLES
El signo sostenido (#) te indica que debes subirle un semitono a la nota. El signo bemol (b) te indica bajar la altura de la nota un semitono.

SOL MAYOR PARA LA MANO DERECHA

He aquí la misma escala ascendente para la mano derecha. Una vez más, fíjate en el signo sostenido para la nota fa en el pentagrama (esta vez en clave de sol). El signo te indica tocar la nota fa sostenido. Así como para la mano izquierda, la digitación es igual que en la escala de do, subiendo y bajando.

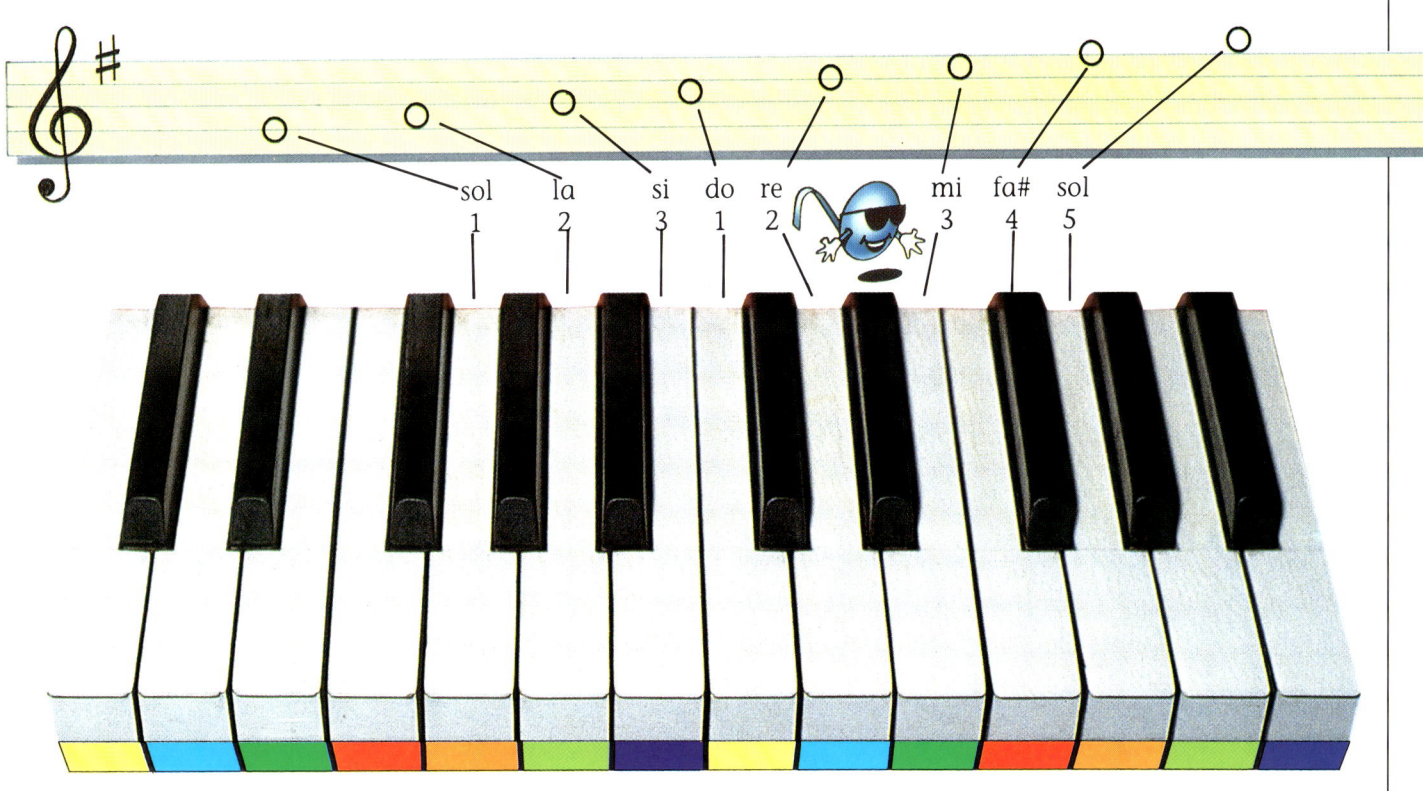

FREDERIC CHOPIN

Frederic Chopin (1810-1849) escribió una pieza para piano conocida como *Estudio para la tecla negra* porque la mano derecha sólo toca las notas negras. Un estudio (*étude* en francés) es una pieza creada como ejercicio, aunque los estudios de Chopin también son hermosas piezas musicales. Chopin fue un gran pianista y compositor. Varias de sus obras se conocen con nombres hoy populares: *Preludio de gota de lluvia, Vals del minuto, Estudio del viento invernal* y *Estudio de la mariposa.*

Mayor y menor

Ya conoces las escalas de do mayor y sol mayor. Puedes tocar una escala mayor comenzando en cualquier nota blanca o negra (dependiendo de cuántos bemoles o sostenidos haya). Las escalas menores se organizan de manera diferente, y su sonido es un poco distinto.

LA MENOR
Las escalas menores también pueden comenzar y culminar en cualquiera de las notas blancas o negras.
Abajo encontrarás la notación y la digitación correcta para la escala de la menor para la mano izquierda y derecha, subiendo y bajando.
Notarás que la clave de sol aparece sobre la clave de fa. Éste es el orden normal para las partes con mano derecha y mano izquierda en las partituras.

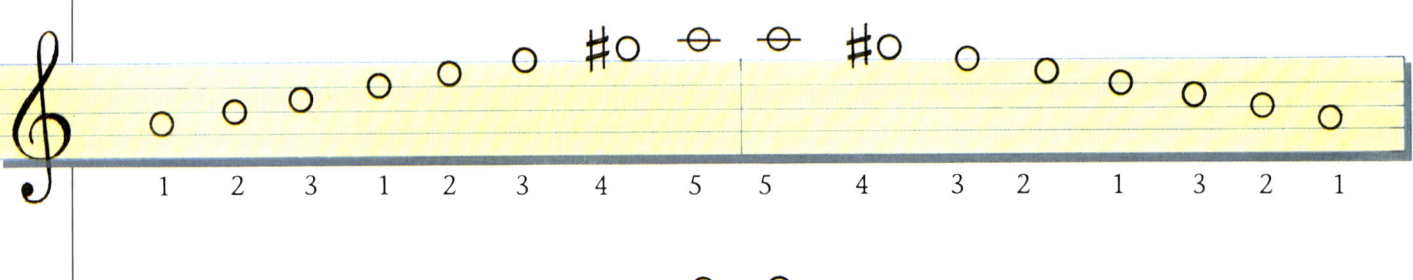

En esta escala, la nota sol presenta un sostenido o *alteración* (ver página 21).

Debes tocar sol sostenido cada vez que la veas.

Los pedales *de sordina* y *de sostenido* se usan para conseguir un sonido más suave o más fuerte, o prolongar las notas.

ALTERACIONES

Las alteraciones son notas que suenan más graves o más agudas y están indicadas con los signos de bemol o sostenido en la armadura. En la escala de la menor, la nota sol se agudiza con una *alteración*. Y en la escala de mi menor (abajo) la nota re se agudiza con un sostenido, al igual que la nota fa.

BECUADROS

El signo para *becuadro* (a la derecha) asimila el signo sostenido. Pero ¡cuidado!, este signo quiere decir que los bemoles o sostenidos deben ignorarse. Si tienes fa sostenido, y el compositor desea que toques la nota fa blanca, él le pondrá un signo de becuadro. Deberás tocar fa natural, y no fa sostenido.

MI MENOR

He aquí la notación para la escala de mi menor para la mano izquierda y derecha, subiendo y bajando. Verás el signo para fa sostenido. La digitación es igual para las otras escalas que ya conoces.

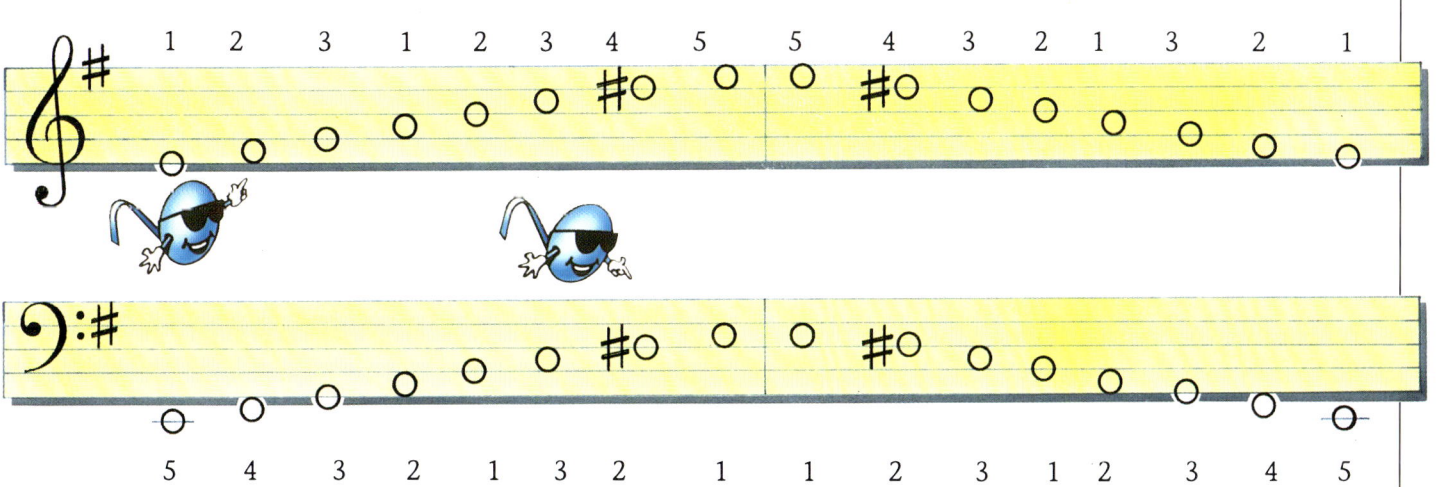

Se ha escrito fa sostenido en la armadura. Debes tocar fa sostenido cada vez que lo veas.

La nota re se ha agudizado por una *alteración*. Debes tocar re sostenido cada vez que lo veas.

Hoy en día, la pianista japonesa Mitsuko Uchida es muy reconocida en el mundo por sus presentaciones.

Tocar melodías

Ya estás preparado para tocar algunas melodías. Estas dos piezas están escritas en clave de sol, porque es la mano derecha la que normalmente toca la melodía en el piano. Más explicaciones acerca de la notación se encuentran en la siguiente página.

ODA A LA ALEGRÍA

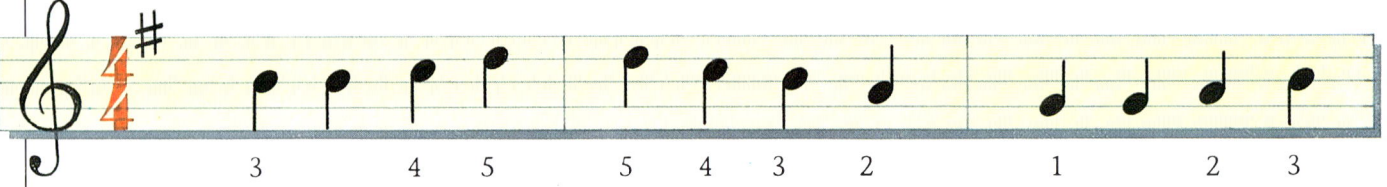

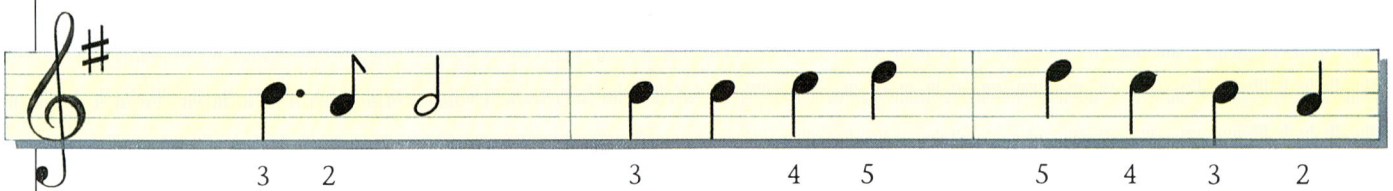

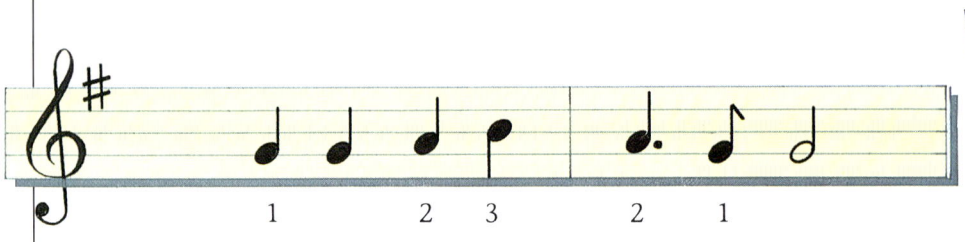

El compositor alemán Ludwig van Beethoven (1770-1827) escribió música dramática y muy expresiva para piano.

La *Oda a la alegría* es la melodía del último movimiento de la Novena sinfonía ("Coral") de Beethoven. Es el himno nacional de la Comunidad Europea. Este arreglo está en sol mayor, con fa sostenido en la armadura.

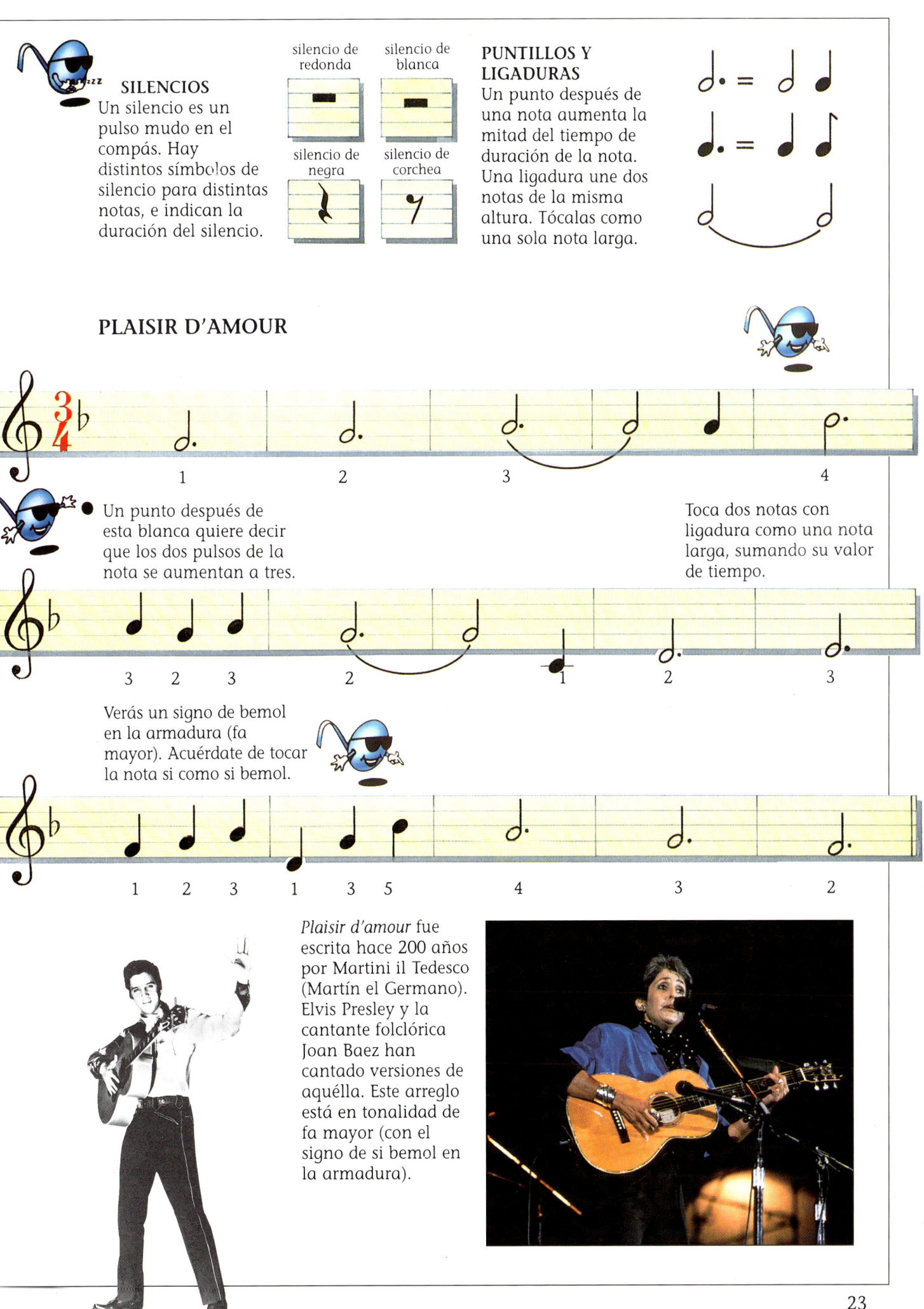

Con las dos manos

Ha llegado el momento de tocar una pieza con las dos manos. Practica las partes por separado antes de hacerlo juntas. Luego, podrás leer y tocar la parte de la mano derecha y la parte de la mano izquierda al mismo tiempo.

GREENSLEEVES

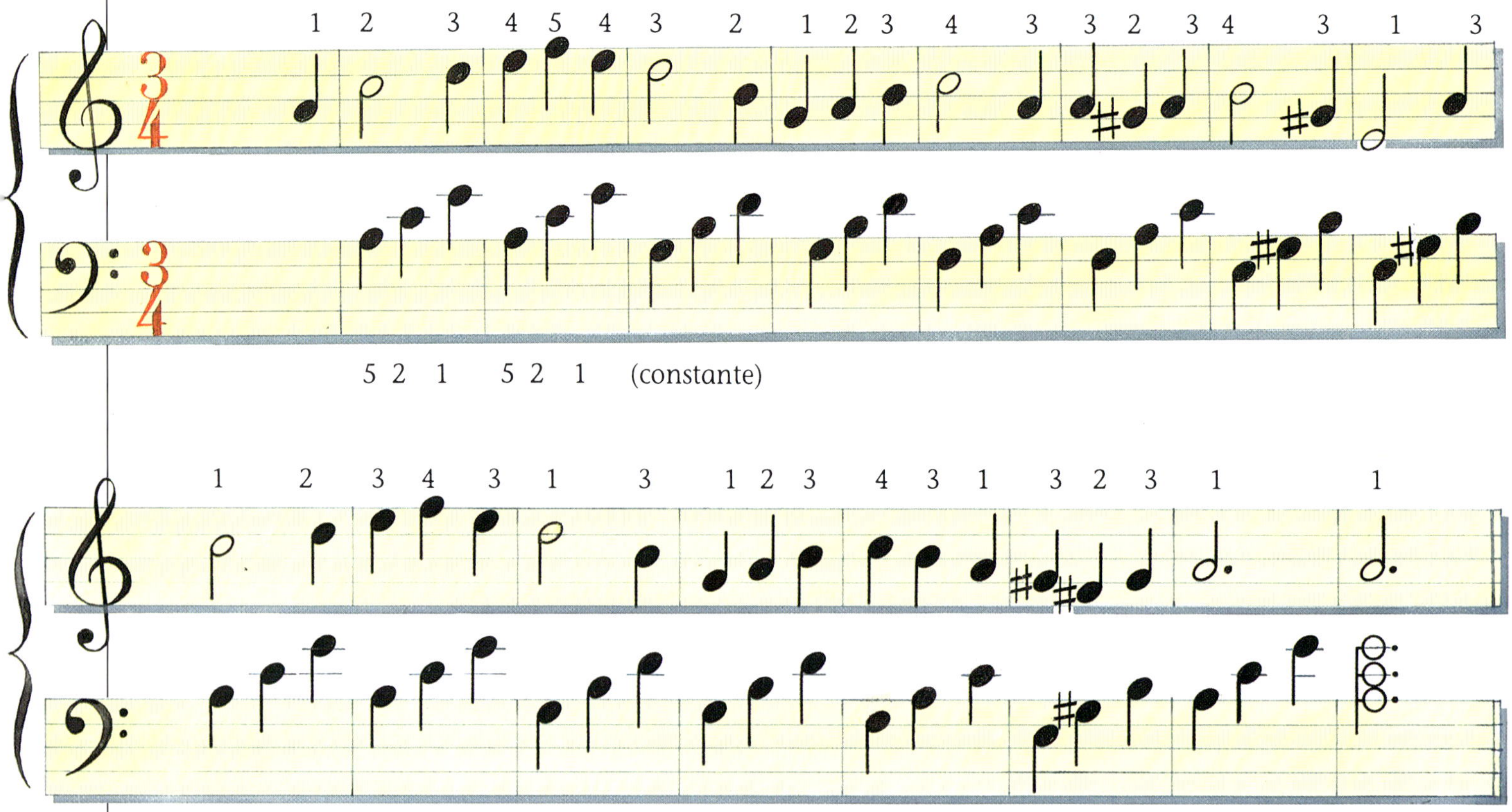

[Partitura musical de Greensleeves en compás de 3/4, con digitación para ambas manos. Mano derecha: 1 2 3 4 5 4 3 2 1 2 3 4 3 3 2 3 4 3 1 3. Mano izquierda: 5 2 1 5 2 1 (constante). Segunda línea - mano derecha: 1 2 3 4 3 1 3 1 2 3 4 3 1 3 2 3 1 1.]

GREENSLEEVES
La antigua canción popular *Greensleeves* data de los tiempos de Shakespeare, o aun antes. Es una balada de amor, un estilo todavía popular entre los músicos de hoy, incluyendo al tecladista Stevie Wonder (a la derecha). Este arreglo está en la menor, sin bemoles o sostenidos, pero sí hay sostenidos accidentales. El pulso ha sido simplificado un poco.

BLUES DE DOCE COMPASES

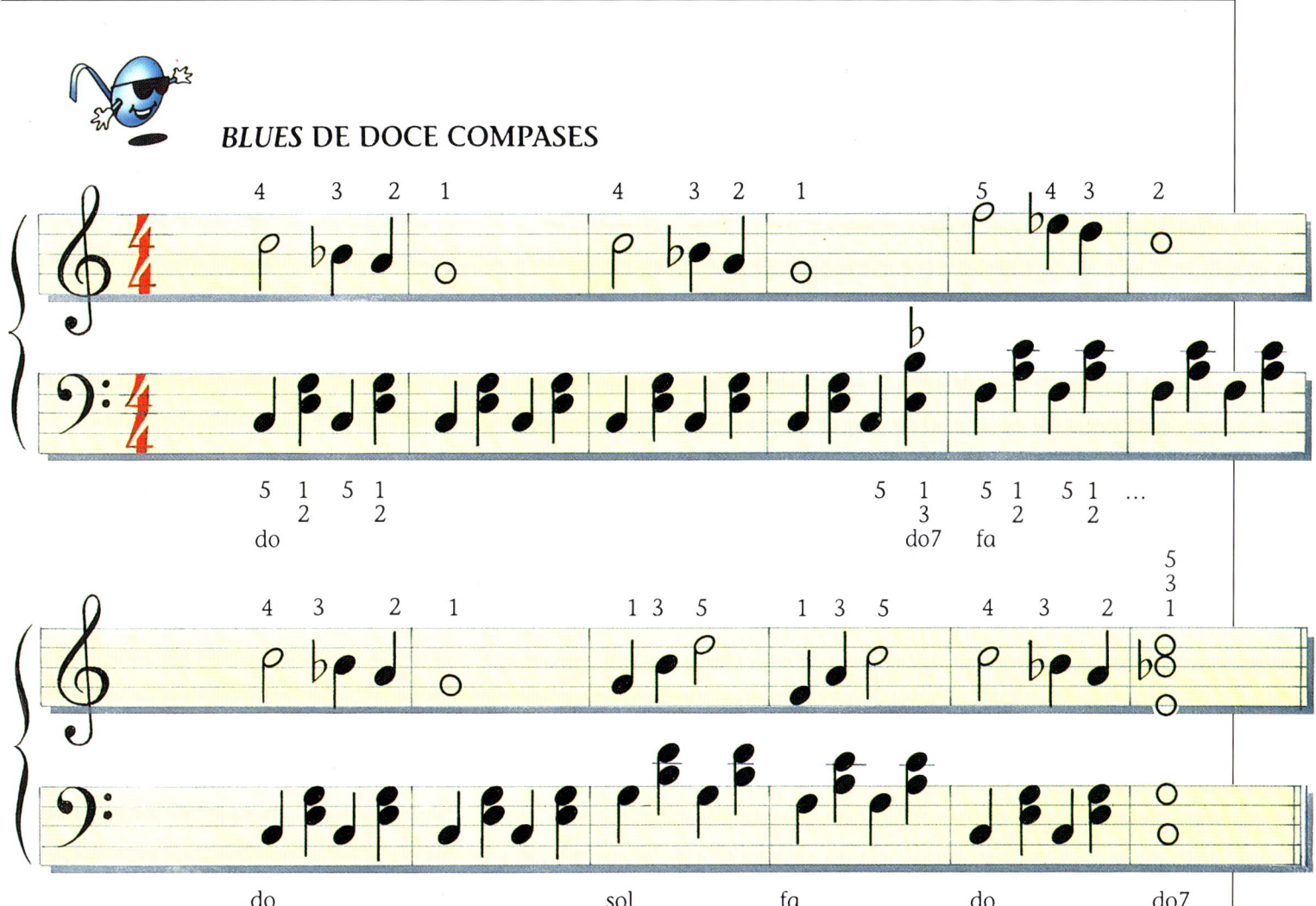

LOS BLUES
Greensleeves es una canción folclórica inglesa. La música folclórica pertenece a muchas personas, a diferencia de la música compuesta por una sola persona. El *blues* solía ser un tipo de música folclórica que se originó en la raza negra de Estados Unidos. El *blues* de doce barras es su forma clásica. La mayoría del *jazz* y el *rock and roll* se iniciaron con *blues*. El compositor y músico norteamericano WC Andy (a la derecha) es considerado el padre del *blues*. Escribió los famosos *Blues de Saint Louis* y *Blues de la calle Basin*.

EL BLUES DE DOCE BARRAS
Fíjate en los bemoles por *accidente* en la pieza de arriba. El ritmo de la melodía se ha dejado sencillo; a ver si puedes acelerarlo un poco. También verás que se han incluido signos de acordes. Son muy divertidos; busca en una biblioteca o tienda musical algún libro que te enseñe cómo usarlos.

El mundo del piano

El piano es el instrumento más popular que existe porque se pueden tocar melodías y armonías al mismo tiempo. Más gente toca el piano que cualquier otro instrumento, y se han escrito más piezas famosas para el piano que para otro instrumento. El piano también es muy versátil. Muchos de sus papeles se verán en estas páginas.

PIANO Y ORQUESTA

El uso del piano como instrumento de una orquesta data de principios del siglo XX. Antes de eso, el piano sólo se empleaba como un instrumento de concierto. (Un concierto es una composición para un solo instrumento y orquesta). El compositor Igor Stravinsky fue el primero en usar el piano en una orquesta, y muchos otros le han seguido.

CUARTETO PARA PIANO

El piano es tal vez mejor conocido como un instrumento para solo o de concierto. Pero también se han escrito hermosas piezas para cuarteto de piano (piano con violín, viola y violoncelo) y trío de piano (piano con violín y violoncelo).

PIANOLA

¡No necesitas saber tocar el piano para tocar la pianola! Éste es un piano mecánico, que funciona con un rollo de papel con miles de pequeñas perforaciones. Fue famoso durante los días previos al gramófono.

PIANO DE CAFETÍN

La música popular se escuchaba en tabernas y salones de baile. Pianistas famosos de *jazz boggie* como Clarence "Pine Top" Smith y Charlie "Cow Cow" Davenport tocaban en bares populares hace 60 ó 70 años.

PIANO DE *JAZZ*

El *jazz* y las bandas de danza como Louis Armstrong's Hot Five (a la derecha) casi siempre tenían un piano. Dos de los directores de bandas de *jazz* más conocidos, "Duke" Ellington y "Count" Basie, fueron pianistas. Normalmente dirigían sus bandas desde su taburete en el piano.

PIANO PREPARADO

La idea del *piano preparado* fue del compositor e innovador musical John Cage. Cage introducía objetos como lápices y gomillas entre las cuerdas, o los colocaba encima de ellas, para alterar el sonido del piano.

Escribió el *Concierto para piano preparado*. Cage ha escrito (o ideado) muchas otras obras musicales extraordinarias, con grabadoras, silbatos, radios y hasta ¡botellones con agua!

La familia de los teclados

El teclado fue una de los inventos más importantes en la música. El sistema de escalas y tonalidades que conocemos hoy se basa en aquél. El teclado ha sido usado en una variedad de instrumentos además del piano y el clavicémbalo, algunos de los cuales se mostrarán a continuación.

El músico francés Jean-Michel Jarre (arriba a la derecha) fue pionero en el empleo del sintetizador y sus sonidos electrónicos.

TECLADO ELÉCTRICO

Los órganos y pianos eléctricos (arriba) se tocan muy similar a un piano común, pero los sonidos, como en un sintetizador, son electrónicos. Estos instrumentos son muy utilizados por los músicos de *jazz* y los grupos de música *pop*.

SINTETIZADORES

Los sintetizadores producen señales electrónicas que se transmiten a través de amplificadores. Estas señales pueden generar diversos sonidos.

ÓRGANO ELÉCTRICO

Los órganos eléctricos empezaron a hacer su aparición en los teatros y cines en la década de los años 20. Técnicamente estaban muy avanzados para su tiempo, y podían producir sonidos extraordinarios. Visualmente, estos órganos tuvieron un fuerte impacto sobre el público porque de la platea salían muchas luces ondeando hasta el escenario o la pantalla durante el intermedio de la función.

CELESTA
El teclado de la celesta usa unas láminas de metal dentro del instrumento. Tchaikovski escribió *La danza del hada de dulce* para la celesta.

PIANO-ACORDEÓN
El piano-acordeón (a la derecha) es una clase de órgano portátil, con el teclado a un lado. Llegar a tocar el teclado desde este ángulo difícil requiere mucha práctica.

EL ÓRGANO DE IGLESIA
Los órganos de iglesia o de cámara (a la derecha) a menudo tienen tres o cuatro teclados (llamados *manuales*), más un teclado de pedales que se tocan con los pies. También tiene una variedad de *controles*, perillas que el organista hala o empuja para seleccionar grupos de tubos. Todos estos componentes son necesarios porque los órganos poseen una gran cantidad de tubos que emiten una gran diversidad de sonidos y notas con diferentes alturas. Los órganos eléctricos que se usaban en teatros y cines, ahora se utilizan en iglesias. Al órgano que se muestra en la página opuesta se le da este uso.

Compositores y pianistas

La historia de la música para teclado data desde el tiempo del *hydraulis* (ver página 5). Pero la gran era de la música con teclados, primero el clavicordio y luego el piano, empezó durante el Renacimiento, la época de Leonardo da Vinci, Shakespeare y Galileo. La música para teclado ha florecido desde entonces.

J S Bach

W A Mozart

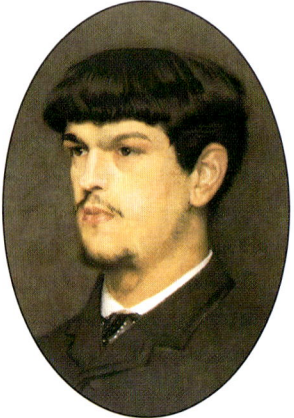
Claude Debussy

George Gershwin

El periodo del Renacimiento, de 1400 a 1600, fue testigo de los inicios de la gran era de la música para teclado. Dos de los primeros compositores de esta música, los ingleses **William Byrd** (1543-1623) y **Thomas Morley** (1557-1602), vivieron durante esta época. Compusieron para virginal, un instrumento de teclado con cuerdas parecido al clavicémbalo.

El periodo barroco, de 1600 a 1750, fue reconocido por sus grandes óperas y oratorios, y por la música escrita para orquestas de violines. En Alemania, **Johann Sebastian Bach** (1685-1750) compuso música para clavicémbalo. Sus fugas (piezas en donde las notas de un tema se persiguen subiendo y bajando por el teclado) son muy famosas. Bach fue director de coro y organista de iglesia, además escribió música para órgano incluyendo las corales que se basaban en antiguos himnos alemanes. En Francia, **François Couperin** (1668-1733), y **Domenico Scarlatti** (1685-1757), en Italia, componían música para clavicémbalo y órgano. Hoy día, esta música se toca en el piano.

El periodo clásico, desde aproximadamente 1750 a 1800, se denomina así debido a su música ordenada y bien planeada. En Austria, **Franz-Joseph Haydn** (1732-1809) y **Wolfgang Amadeus Mozart** (1756-1791) compusieron sonatas y música para el clavicémbalo y el piano. Mozart podía tocar el clavicémbalo desde la edad de tres años, y ofrecía conciertos por toda Europa. Luego escribió los grandes conciertos para piano. El compositor alemán **Ludwing van Beethoven** (1770-1827) compuso varios conciertos y sonatas imponentes y dramáticas para piano. Su sentido de audición empezó a decaer desde los treinta años, y algunas de sus obras más grandiosas fueron compuestas cuando ya estaba totalmente sordo.

Beethoven transportó la música hacia **el periodo romántico**, de 1800 a 1900.

Durante este tiempo, los compositores llenaron de pasión su música. Muchos de ellos también fueron grandes pianistas. **Franz Schubert** (1797-1828), **Robert Schumann** (1810-1856), **Felix Mendelssohn** (1808-1847), **Franz Liszt** (1811-1886) y **Johannes Brahms** (1833-1897) fueron todos alemanes o austríacos.

Scott Joplin

Alfred Brendel

El compositor de origen polaco **Frederic Chopin** (1819-1849) escribió casi toda su música para piano en Francia. Los pianos se hicieron más grandes y mejores durante el periodo romántico.

Ya en **el periodo moderno** (desde 1900) los pianos de cola emitían sonidos hermosos. **Claude Debussy** (1862-1918) y **Maurice Ravel** (1875-1937) se inspiraron en este hecho. Estos compositores-pianistas franceses crearon *impresiones* musicales de fenómenos naturales, como la lluvia, los rayos solares, el viento y la nieve. El pianista y compositor norteamericano **George Gershwin** (1898-1937) se inspiró en los ritmos y armonías de la nueva música para danza y en el *jazz*. Su famosa *Rapsodia en azul* es una clase de concierto en *jazz* para piano y orquesta. El *jazz* era la música de la raza negra en Norteamérica, que a lo largo del siglo XX inspiró a muchos pianistas brillantes, en su mayoría de raza negra. **Scott Joplin** (1868-1917) es recordado por sus piezas para piano, llamadas *rags*. Entre otros pianistas de *jazz*, se encuentran **Ferdinand "Jelly Roll" Morton**, **Thomas "Fats" Waller**, y el fantástico **Art Tatum** (quien estaba prácticamente ciego). Muchos de los concertistas para piano son famosos hoy por sus interpretaciones. Uno de ellos es **Alfred Brendel**, de Austria.

GLOSARIO

acorde: dos o más notas de distinta altura tocadas a la vez.
altura: la agudeza o gravedad de la nota.
armadura: conjunto de sostenidos o bemoles que indican el tono de una composición.
becuadro: signo que neutraliza al bemol y al sostenido.
bemol: signo que baja de altura un semitono.
blanca: la mitad de una redonda.
blues: estilo básico de *jazz*, generalmente una canción.
boggie: un *blues* acelerado, usualmente para piano.
clave: un signo que indica la altura de las notas en la notación musical.
concierto: una composición para un solo de instrumento y la orquesta.
corchea: octava parte de una redonda.
frecuencia: la medida científica de la altura.
ligadura: trazo que indica que dos notas deben tocarse sin separarse.
negras: notas de un cuarto en valor de tiempo.
pentagrama: las líneas horizontales usadas en la notación musical.
puntillo: indica que la duración de las notas se incrementa en la mitad.
redonda: nota que dura cuatro tiempos.
rock and roll: estilo de música basado en el *boggie*.
silencio: pulso mudo en el ritmo de una pieza musical.
sonata: composición, usualmente para piano solista.
sostenido: signo que aumenta un semitono.
tecla: pieza del piano que ocasiona un sonido.

ÍNDICE

acordes 16, 25, 31
afinar 9
alteración 21, 24, 31
apagador 6, 7
armadura 18, 21, 24
armonías 26

Bach J S 30
banda 26
becuadro 21, 31
Beethoven, Ludwig van 22, 30
bemoles 18, 19, 21
blues 25, 31

Cage, John 27
caja de resonancia 6
celesta 29
Chopin, Frederic 19
clave 12, 13, 18, 31
 de fa 12, 20
 de sol 13, 20, 22
clavicémbalo 7, 28, 30
clavijas de afinar 7
compás 14, 15
compositores 30, 31
conciertos 26, 31
cuarteto 26
cuerdas 6

digitación 9, 10, 11, 16, 17, 19, 20

do central 9, 10, 11

ejercicios 10, 11, 16, 17
escala cromática 17
escalas 10, 11, 16, 17, 18, 19, 20
 mayores 20, 21
 menores 20, 21

frecuencia 5, 31

Gershwin, George 31
Greensleeves 24, 25

Handy, W.C. 25
hydraulis 5, 30

il Tedesco, Martini 23
intervalos 5

jazz 15, 25, 27, 31
Joplin, Scott 31

ligaduras 23, 31
Liszt, Franz 17, 31

manual 29
martillos 6, 7
mecanismo 6, 31
melodías 22, 23, 26

métrica 14, 15
Mozart, W A 30

negras 14, 31
nota blanca 14
nota redonda 14, 31
notación 12, 13, 20, 22, 23
notas 4, 5, 6, 12
 blancas 4, 5, 8, 18
 negras 4, 5, 8, 18

octavas 31
Oda a la alegría 22
órgano de iglesia 29
órgano eléctrico 28
órganos 4, 5, 29

Pedal 7
 de sostenido 7, 20
 sordina 7, 20
pentagrama 12, 13, 18, 19, 31
perilla 29
pianistas 30, 31
piano acordeón 29
piano de cafetín 27
piano preparado 27
pianola 27
pianos 4, 5, 6, 7, 8, 9, 17, 26, 27, 28, 30

Plaisir d' amour 23
plectro 7
postura 8
Presley, Elvis 15, 23
pulso 14, 15
puntillo 23

Rags 31
ritmo 12, 14, 15, 24
rock and roll 15, 25, 31

Saint-Saëns, Camille 11
semitono 5
silencios 23
sintetizador 28
sostenidos 18, 19, 20, 21
Strauss, Johann 15

teclado de pedal 29
teclados electrónicos 28
teclas 4, 6, 7, 31
tempo 14
tono 4, 5, 6, 12, 31

vals 15
vibraciones 4, 5

Créditos Fotográficos
Abreviaciones:
i-izquierda, d-derecha, a-abajo, n-arriba, c-centro, m-medio.
Portada-Corbis 4n, 5n, 8 ambas, 9 todas, 10, 11 a, 12, 13 ambas, 16, 17, 18, 19n, 20 a-Roger Vlitos, 4 ai-

Agencia fotográfica Frank Lane 4 ad, 5 ad, 14-15, 21, 23d, 28-29n, 28m, 29 a, 31d- Frank Spooner Pictures 5 ai, 7n, 11n, 15 ai, 7n, 11n, 15 ai, 17 ad, 19 ad, 20n, 22i, 27n, 30mi, 30ci, 30cd-

Biblioteca fotográfica Mary Evans 7 a, 15 ad, 17 ai, 19 ai, 25, 27md, 27 a, 28 a, 29n, 30md- Compañía Fotográfica The Hulton 22d-Paul Nightingale 23i- Aladdin's Lamp 26 a

British Broadcasting Corporation 26 a Topham Picture Source 27mi, 29m, Biblioteca Spectrum Colour 31i.

+SP
786.193 B

Blackwood, Alan, 1932-
Aprende música y los teclados
Collier JUV CIRC
01/07

Friends of the
Houston Public Library